Junto a la bahía

Canción tradicional ilustrada por Henrik Drescher

Adaptada del inglés por Alma Flor Ada

Good Year Books

Junto a la bahía,
junto al melonar,

o me atrevo a regresar.
orque si regreso, mi mamá dirá:

3

—¿Viste a un gran oso
peinarse, presuntuoso,
junto a la bahía?

5

—¿Viste a una abeja enojada,
con la rodilla quemada,
junto a la bahía?

6

—¿Viste a un alce que besaba
a una gansa que nadaba
junto a la bahía?

—¿Viste a una ballena,
de lindos lunares llena,
junto a la bahía?

11

—¿Viste a un pez valiente
con su vela en la fuente
junto a la bahía?

—¿Viste a un gato altanero
con negrísimo sombrero
junto a la bahía?

—¿Qué cosas asombrosas, curiosas y maravillosas hay junto a la bahía?